# FAITS

## ET

# ÉVÉNEMENTS PITTORESQUES

## DE L'HISTOIRE.

IMPRIMERIE DE DUCESSOIS, 55, QUAI DES AUGUSTINS.

# FAITS ET

# ÉVÉNEMENTS PITTORESQUES

## DE L'HISTOIRE

**Album et Récits à mes Enfants.**

PARIS

CHALLAMEL, ÉDITEUR, 13, RUE DE LA HARPE.

# LE VETERAN.

Vous connaissez ce brave vétéran ; vous l'avez rencontré bien souvent
se promenant solitaire et mélancolique sous les marronniers des Tuile-
ries. C'est bien là sa noble et grave figure, encadrée de cheveux blancs,
sa redingote si propre, si scrupuleusement brossée, boutonnée jusqu'au
menton, et sa croix d'honneur, gagnée sur le champ de bataille. Voyez
quelle touchante bonté empreinte sur cette mâle physionomie ! que
de douceur et de résignation, et en même temps que d'énergie dans ce
regard que les années n'ont pu glacer !

C'est le vieux de la vieille, l'homme de fer et de feu qui s'est promené
par le monde le fusil sur l'épaule. Parlez-lui de l'Égypte, de ses sables,
de ses pyramides et de ses momies ; de l'Espagne, de ses moines, de ses
andalouses et de ses taureaux ; de l'Allemagne, de ses pipes, de sa bière
et de sa valse ; de l'Italie, de ses musées et de ses ruines ; de la Russie, de
ses neiges, de ses fourrures et de son Kremlin : il a tout vu, il a tout
connu. Ne vous étonnez donc plus de son air d'indifférence et de résignation stoïque. Que peut-il apprendre, que peut-il voir qui vaille ce
qu'il a fait et vu faire !

Faisons connaissance avec ce brave homme ; entrons chez lui :

C'est une petite chambre bien modeste, hélas ! pour un ex-vainqueur
du monde : un lit de sangle, un méchant fauteuil, une petite armoire,
composent tout le mobilier ; sur le lit, dans la direction du premier regard du réveil, pend la bataille d'Austerlitz, la bataille des géants, où il
fut décoré ; sur sa tête veille le patron des guerriers, son empereur, le
grand Napoléon.

Voyez-le il vient de rentrer, il a jeté son chapeau et sa canne et s'est
assis sur son lit, froissant dans ses mains un journal. Sa méditation est
profonde, car il ne se trouble pas du vacarme de monsieur son neveu qui
s'exerce à tour de bras sur un infortuné tambour. Une douleur concen-

trée se lit sur sa belle figure, et une larme brille dans ses yeux, ce qui ne s'était vu qu'une fois dans sa vie, le jour où il apprit la mort de Sainte-Hélène. Qu'a-t-il lu? quelle nouvelle, après la mort de Napoléon, peut arracher des pleurs au troupier des pyramides et de Marengo? Hélas! Napoléon avait un fils, l'amour et l'espoir secret du vétéran, et ce fils vient de s'éteindre loin de la France sur la terre de l'exil.

Le brave homme avait lu et relu avec un douloureux étonnement ces lignes cruelles, et, laissant enfin tomber le fatal écrit, semblait absorbé dans une muette douleur. Maître Zidor, espiègle de huit ans, enfant de sa sœur chérie, étudiait consciencieusement l'art profond de bien perler les ra et les fla ; s'étonnant, à la fin, du long silence du vétéran, qui badinait assez volontiers avec lui, il s'écria tout-à-coup :

— N'est-ce pas, Tonton, que c'est bien ce rrrroulement là? mais qu'as-tu donc que tu ne dis rien aujourd'hui? fi! on dirait que tu boudes.

— Je ne dis rien, ah! je ne dis rien, répond le bonhomme, s'arrachant à sa sombre rêverie. Eh bien, je vais te conter une histoire, mon enfant.

— Ah! oui, Tonton, une histoire de la vieille garde, une belle bataille comme tu en as tant vu. Surtout qu'il y ait beaucoup d'ennemis vaincus, des Prussiens ou des Autrichiens, comme tu voudras, ça m'est égal.

— Non ce n'est pas une bataille que je veux te conter, mon ami; laisse là ton tambour et écoute-moi; mon histoire sera intéressante.

En 1813, la garde dont j'avais l'honneur de faire partie était en garnison à Saint-Cloud. Un jour je fus mis en faction dans le jardin du château à une porte qui donne sur le parc. Depuis une heure déjà je m'amusais à contempler la verdure et les fleurs, à écouter l'eau des cascades et le chant des oiseaux, oubliant presque fusil et giberne, quand un bruit de roues légères fit crier le sable d'une allée voisine. Je tournai vivement la tête, rappelé subitement à mes devoirs et à la consigne, et je vis une jolie petite voiture, traînée doucement par quatre chevrettes blanches, empanachées et enrubannées avec des clochettes au cou.

Dans ce char mignon trônait, sur des coussins moelleux, le plus bel enfant que j'aie vu de ma vie : un bon gros garçon de deux ans, aux joues roses et pommelées, aux grands yeux brillants et doux, au front haut et ouvert, une figure de roi, enfin. Une robe en satin blanc habillait son petit corps et laissait découverts ses deux bras dodus, qui tenaient un petit fouet orné de rubans roses. Deux belles dames accompagnaient l'attelage miniature, et garantissaient l'enfant des atteintes du soleil.

C'était le petit roi de Rome.

Je présentai les armes et regardai de tous mes yeux le joli petit prince. Il me regarda aussi avec un sourire ingénu, et me fit un petit signe de tête. Ce regard et ce sourire de l'enfant-roi me bouleversèrent. En s'éloignant il se tourna encore de mon côté et me tendit la main. Je ne savais plus où j'étais, je devins rouge comme une cerise et je crois vraiment que les yeux me piquaient.

Depuis un instant, la voix du vieux soldat s'altérait sensiblement; il s'interrompit, essuya furtivement une grosse larme et murmura avec un gros soupir: Et dire pourtant qu'aujourd'hui!...puis il retomba dans sa rêverie, oubliant son neveu et son histoire. Heureusement que Zidor n'était pas homme à rester ainsi le bec dans l'eau, et qu'il s'empressa de réclamer. L'oncle fit le geste d'un homme qui chasse une pensée importune et continua. Il y avait longtemps que le prince avait disparu, et je présentais encore les armes sans songer à quitter cette position. Tout d'un coup j'entends des cris de frayeur et un grand bruit, et je vois aussitôt le petit équipage descendre au grand galop une allée rapide, emporté par les chèvres que les aboiements et les gambades d'un chien de chasse rendaient folles de terreur. L'allée côtoyait une pente raide, presque à pic, qui séparait le jardin du parc et était masquée par une faible haie.

Les chèvres, lancées avec une grande violence, ne pouvaient s'arrêter, et allaient au premier moment se précipiter dans le parc d'une hauteur de dix pieds. Les dames couraient éperdues en criant au secours, tandis que le petit prince regardait tranquillement et fouettait sans sourciller ses fougueux coursiers — tant il est vrai que c'était bien un fils de héros! — ma foi, j'oubliai la consigne et je me précipitai: j'eus le bonheur de saisir le derrière du char sur le bord fatal, et de sauver le fils de mon empereur d'une mort imminente.

Il fallait voir comme ces pauvres dames me remerciaient et me choyaient; je les laissais faire, j'étais comme étourdi de bonheur, quand j'aperçus au détour d'un bosquet un petit monsieur décoré, en redingote, venir à nous un livre à la main. C'était lui! Napoléon! Mon sang fit un tour, je passai subitement du rouge au blanc et du blanc au rouge. Le petit Caporal s'avança à pas lents, puis, arrivé à nous, leva les yeux et, fronçant le sourcil, m'apostropha ainsi: Que fais-tu là? — Dans

ce moment je me serais trouvé bien devant l'embouchure d'un canon.
—Sire! balbutiai-je, je... — Reprends ta faction, puis quand on te re-
lèvera, tu iras à la salle de police attendre mes ordres.

Je saluai et regagnai mon poste, tout confus. Je vis une des dames lui
expliquer rapidement ce qui s'était passé : il jeta sur moi un coup d'œil
vif et bienveillant, dit quelques mots, embrassa son fils, et continua sa
lecture. Une des jeunes femmes s'avança vers moi avec un doux sourire
et me demanda mon nom, en me disant que ma faute était oubliée à
cause des motifs, et que l'Empereur me savait gré de ma vivacité. A ces
mots je sentis mon cœur battre avec violence, je murmurai des remer-
ciments, et restai seul à savouer le souvenir de tout ce qui venait de
m'arriver. Je venais de me trouver en rapport un instant avec la famille
impériale, et j'avais rendu service à Napoléon. Mais je me reprochais
avec amertume ma gaucherie et ma niaise timidité. De fait, jamais je ne
fus si bête que ce jour-là. L'Empereur devait avoir une triste opinion de
moi, et j'en étais au désespoir. Quelques mois après, en passant la revue,
avant une bataille, il s'arrêta devant moi et me reconnut : — Je te dois
quelque chose, dit-il. — A moi? Sire, répondis-je sans me déconcerter,
car j'étais sur mon terrain, près d'aller au feu. Il fouilla dans sa poche
et me remit une tabatière en or, ornée du portrait de son fils : — Tiens,
garde cela en souvenir de Saint-Cloud. — Tu comprends ma joie, elle fut
plus complète encore que le jour où il me décora. Elle est là, cette tabatière, je la conserve comme le plus grand des trésors, et je te l'ai déjà
montrée bien souvent.

Un an à peine s'était écoulé, et Napoléon abdiquait à Fontainebleau,
tandis que l'enfant héritier de tant de couronnes, et sa mère, fille et
femme d'empereur, s'enfuyaient comme des misérables. Et six ans après,
—et ici le ton du soldat s'assombrit,—son père mourait solitaire à Sainte-
Hélène à des milliers de lieues de sa femme et de son fils; et aujourd'hui
le fils vient de mourir loin de sa mère, loin de son pays, sans gloire sans
amis, sans souvenirs de bonheur. Pauvre enfant! pauvre roi de Rome!...

Zidor écoutait immobile et pensif : la tristesse du narrateur et l'in-
térêt du récit l'avaient fortement impressionné; il se jeta au cou de
son oncle en pleurant à chaudes larmes. Mais à son âge le chagrin est
court, bientôt il n'y pensa plus et, voyant le vétéran retombé dans ses
méditations, recommença ses études sur les beautés du tambour.

# LES CONDOTTIERI.

## I.

Le soleil commençait à allonger les ombres des grands arbres du parc de Montefiasco et les noires silhouettes des tourelles du vieux manoir s'effaçaient peu à peu dans la brume qui s'élevait lentement des bords de l'Adige. Le long d'un des sentiers menant au pont-levis, marchait, de toute la vitesse de ses jambes, une belle jeune femme qui portait un enfant de six mois à peine. C'était la nourrice du château, et l'enfant qu'elle serrait dans ses bras avec inquiétude était l'unique rejeton de l'illustre souche des Aldobrandini, sires de Montefiasco.

Le sommeil l'avait surprise auprès de son nourrisson sur l'herbe fraîche et fleurie, et le jour avait décliné sans qu'elle pût s'en apercevoir. Elle courait donc plutôt qu'elle ne marchait, regardant maintes fois derrière elle d'un air effaré, tremblant au bruissement des feuilles agitées par la brise, au frôlement de sa robe contre les buissons. Tout d'un coup elle entendit piétiner derrière elle; le cœur lui battit, elle s'appuya sur un arbre pour s'empêcher de tomber et regarda : c'était un chien qui la suivait, non un des nobles lévriers du château, mais une laide bête au poil hérissé, au museau pointu, à l'air hargneux et féroce. Malgré sa frayeur elle feignit de vouloir battre le mâtin, qui s'éloigna en grondant, mais sans la perdre de vue. Elle avait à peine fait quelques pas qu'il était déjà sur ses talons; elle se retourna, le chien s'enfuit et revint encore. Ce manége, cette obstination du chien à la suivre l'inquiétait fort, et faisait passer dans son imagination le souvenir de lugubres histoires de revenants et d'esprits fantastiques. Enfin, quand elle arriva à un carrefour le chien s'élança rapidement devant elle par le sentier où elle allait s'engager. Cette manœuvre de l'animal la décida à prendre une autre route, quoiqu'il se fît tard et qu'elle allongeât ainsi un peu son chemin. Elle courait donc encore plus vite, quand, après un grand bruissement dans les feuilles, elle aperçut tout à coup le vilain chien, non plus derrière, mais devant, et semblant lui barrer le chemin. Elle s'arrêta glacée de terreur et fixant un regard d'épouvante sur les yeux étincelants de l'animal qui s'était mis en arrêt. Elle allait pousser un cri d'alarme, quand une main large et vigoureuse lui ferma la bouche, tandis que deux autres mains la saisirent par la taille et la soulevèrent rudement. La pauvre femme à demi morte d'effroi, laissa aller sa tête et ses bras et perdit connaissance. Un des hommes prit le nourrisson et le tint aussi délicatement que le lui permettaient ses mains rudes et calleuses, et l'autre se chargea de la nourrice, qu'il emporta aussi facilement que s'il n'eût pas été plus chargé que son compagnon.

Arrivés au mur du parc qui n'était pas très-élevé, l'un d'eux grimpa dessus sans peine, reçut l'enfant des mains de son complice, descendit de l'autre côté et le déposa sur le gazon. Ensuite il remonta et aida son camarade à passer la femme qui n'ouvrait pas encore les yeux. Une fois hors du parc, ils descendirent un instant la rivière, décrochèrent un bateau, y déposèrent leur capture, et, ramant doucement, remontèrent le courant jusqu'à une prairie où ils aperçurent des chevaux couchés sur l'herbe. Ils mirent pied à terre, s'emparèrent de deux montures, leur fabriquèrent à la hâte des brides avec les courroies de leur cuirasse, et partirent dessus au galop après avoir coulé leur barque.

Ainsi fut enlevé le petit Giuseppe Aldobrandini avec sa nourrice Juanita.

## II.

Quand la signora vit tomber les ombres sans que Juanita fût rentrée, elle sentit une vague inquiétude agiter son cœur. En vain se tint-elle à la plus haute fenêtre, plongeant ses regards humides de larmes dans tous les sentiers, la nuit se fit et la nourrice ne revint pas. Bientôt l'alarme et la terreur furent au château, et tous les serviteurs se répandirent dans le parc avec des flambeaux, en appelant, et poussant de grands cris; la nuit se passa ainsi en perquisitions inutiles, et il en fut de même des jours suivants. Enfin on remarqua des traces de passage sur le mur et sur la rive, puis on découvrit la barque submergée; on crut que par quelque accident les ravisseurs et leur précieuse proie avaient péri dans les ondes, mais comme on ne put trouver leurs corps et qu'on apprit le vol des chevaux, on ne douta pas qu'ils ne se fussent réfugiés dans les montagnes. Le signor Aldobrandini fit plusieurs excursions à la tête de ses vassaux, mais, ne découvrant aucune trace, finit par se résigner et renoncer à des recherches infructueuses. Quant à la malheureuse mère, elle devint presque folle de désespoir et ne cessait de parcourir le parc et les bords de la rivière, sans pouvoir se persuader qu'elle ne retrouverait pas son enfant.

A quelque temps de là il arriva qu'une escouade de condottieri, ou soldats vagabonds et moitié bandits, tentèrent de piller une ferme voisine, et furent repoussés après une rixe sanglante par les hommes d'armes du château, en laissant l'un d'eux pour mort sur la place. Pendant que les soldats poursuivaient ses compagnons, celui-ci s'était traîné jusqu'à un taillis, et s'y était caché pour se soustraire à la fureur des paysans. Or, le même jour, la signora vint se promener par là avec son blanc lévrier qui découvrit le blessé. Comme elle était aussi bonne que belle, elle le fit transporter au château et prit soin de ses blessures, les pansant elle-même et lui prodiguant toute espèce de secours, qu'elle rendait encore plus doux par ses paroles bienveillantes. Le prisonnier se remit peu à peu et parut touché des bontés qu'on lui témoignait. Ce n'était pas un cœur endurci à mal faire; il témoigna une grande joie quand on lui offrit une place de garde-chasse des domaines de Montefiasco. Or, pendant qu'il logeait encore dans le vieux manoir, il s'informa de la cause de la tristesse de la belle châtelaine, et parut frappé d'un souvenir subit quand on lui dit qu'il s'agissait d'un enfant enlevé. Il alla aussitôt trouver le sire châtelain, et, ayant confirmé ses soupçons par les renseignements qu'il reçut, lui promit de lui faire retrouver son fils. On n'en dit rien à la mère de peur de lui donner une fausse joie qui aurait pu la tuer, et l'on se prépara à faire une expédition dans les montagnes sous un prétexte quelconque.

Sous la direction du condottiere Beppo on s'avança avec précaution vers les montagnes, et l'on arriva bientôt à des sites abruptes et sauvages. La petite troupe se cacha dans les broussailles et attendit la nuit pour se mettre en marche. Elle vit deux ou trois groupes de condottieri descendre et passer près d'elle sans les apercevoir, car heureusement le chien n'était pas avec eux. Enfin, la nuit étant venue, nos gens bien armés entrèrent dans une forêt de sapins à mi-côte de la montagne, et après bien des détours découvrirent un amas de ruines. Beppo leur dit que là était l'enfant, et le sire croyant qu'il voulait lui faire entendre que son fils était mort et enterré sous ces décombres, ressentit une grande douleur; mais Beppo le prenant par la manche lui montra un trou d'où s'échappait une lumière souterraine. Aldobrandini sentit palpiter son cœur au premier regard qu'il jeta par cette espèce d'œil-de-bœuf.

Dans une salle basse et enfumée, éclairée par une fumeuse lanterne de corne, trois hommes à la figure sauvage et féroce étaient attablés et jouaient aux dés en buvant et se querellant. A chaque instant on eût dit qu'ils allaient s'entre-déchirer, et leurs mains nerveuses tourmentaient sans cesse leur dague ou leur rapière. Un autre homme, accroupi dans un coin, fourbissait une cuirasse et s'efforçait de faire disparaître les bosses qui la faussaient en divers endroits. Une femme jeune et belle, assise près d'une immense cheminée où brûlait un bon feu, chantait une romance mélancolique en s'accompagnant de la guitare, tandis qu'un enfant de quelques mois se roulait à demi-nu sur un tapis étendu à terre. Des armes, des cuirasses, des pots, des verres, des ustensiles de toutes sortes, étaient jetés en désordre de tous les côtés; enfin, un chien laid et méchant ronflait dans l'âtre.

La jeune femme c'était Juanita, l'enfant c'était Giuseppe Aldobrandini. On délibéra sur le moyen le plus sûr pour les délivrer sains et saufs. Les bandits n'étaient pas en nombre, mais ils étaient parfaitement enfermés, et l'issue de leur forteresse était trop difficile pour qu'on songeât à leur donner l'assaut. D'un autre côté, si l'on attendait au lendemain, les autres qu'on avait vus descendre pouvaient revenir, et leurs forces alors seraient au moins égales, outre l'avantage de la position. Beppo fit observer qu'il était plus probable que ceux-ci sortiraient le lendemain et iraient rejoindre leurs compagnons. Chacun se tapit donc derrière un arbre ou un buisson et attendit le jour.

Sur le matin, deux hommes arrivèrent et se mirent à siffler. Bientôt quelque chose remua dans les pierres et un homme sortit sa tête avec précaution, puis se leva tout à fait et les deux nouveaux venus descendirent par une espèce de trappe qui se referma derrière eux. C'était un contre-temps, mais bientôt la trappe se releva, quatre hommes sortirent et s'éloignèrent rapidement. Il en restait encore deux, il s'agissait de les faire sortir ; Beppo, s'en chargeant, siffla comme avaient fait les autres, puis se cacha. Bientôt en effet un des condottieri sortit, et, ne voyant rien, s'avança en jurant, croyant que c'était un camarade qui voulait lui faire pièce. Quand il passa près de l'arbre qui abritait Beppo, celui-ci lui allongea un coup d'espadron qui le tua raide; ensuite les assaillants descendirent avec précaution par la trappe laissée ouverte, et pénétrèrent dans l'antre des bandits. Ils n'y eurent pas plutôt mis le pied que le chien les éventa, et par ses aboiements furibonds réveilla l'autre condottiere qui dormait à moitié ivre. Il en arriva mal à Beppo, qui, aveuglé par le passage subit de la lumière aux ténèbres, ne put parer un coup furieux, et tomba pour ne plus se relever. Le bandit levait le bras pour frapper Aldobrandini qui le prévint en le blessant au défaut de la cuirasse. Il chancela, mais se redressant soudain il croisa le fer avec Aldobrandini et la lutte s'engagea. Le condottiere aurait peut-être eu l'avantage si Beppo, qui gisait à terre, n'eût trouvé la force de lui poignarder la jambe. La douleur aiguë lui fit perdre l'œil et le fer de son adversaire, qui en profita pour le frapper à la gorge.

Il n'y avait plus d'ennemis que le chien qu'on égorgea sur son maître, et l'on trouva la nourrice et l'enfant en parfaite santé, car les bandits ne leur avaient point fait de mal, et les gardaient précieusement pour en avoir une bonne rançon. On quitta vite cette horrible tanière, et l'on marcha en triomphe vers le vieux manoir. Je vous laisse à penser quelle fut la joie de la mère; on crut qu'elle en mourrait. Elle se fit raconter tous les détails, et donna plus d'une larme au pauvre Beppo.

# LA RETRAITE DES DIX MILLE.

La Retraite des Dix mille est un des faits les plus remarquables de l'histoire de la Grèce, et le récit éloquent que nous en a laissé Xénophon est un des ouvrages de l'antiquité dont la lecture est la plus attrayante. Aussi espérons-nous que nos lecteurs accueilleront favorablement un résumé rapide de cette expédition, esquissé d'après le beau livre de l'Athénien.

Darius II, roi de Perse, laissa deux fils à sa mort : Artaxercès et Cyrus. Artaxercès, en qualité d'aîné, devait succéder naturellement à son père; mais Cyrus, fondant de vives espérances sur la prédilection que lui avait toujours témoignée leur mère Parysatis, quitta son gouvernement de l'Asie-Mineure, et vint à la cour pour aspirer au trône. Le crédit de Parysatis dut échouer contre les vœux de la nation, et Artaxercès ceignit le diadème. Cyrus, égaré par son dépit et sa jalousie, se laissa entraîner jusqu'à tenter d'assassiner le roi, et, découvert, il fut condamné à périr.

« Mais ainsi que l'on le vouloit faire mourir, sa mère le prit entre ses bras, et des tresses de ses cheveux lui entortilla le cou, et le lia étroitement avec le sien, en pleurant si chaudement, criant et suppliant le roi son fils avec une telle instance, qu'elle lui sauva la vie; et néanmoins il ne se contenta point et ne mit pas tant en sa mémoire la grâce que le roi son frère lui avoit faite en lui donnant la vie, que le dépit de ce qu'il l'avoit fait rendre prisonnier : de manière que, pour ce mal-talent, il désira depuis encore plus que jamais se faire roi. » (Plutarque, traduction d'Amyot).

Pendant que sa mère intriguait pour lui à la cour, Cyrus réunissait autour de lui les mécontents, attirait les guerriers grecs par l'appât des

honneurs et des récompenses, et levait des troupes sous différents prétextes. Lorsqu'il jugea les temps venus, il assigna rendez-vous à Sardes
aux troupes grecques et asiatiques, mais sans laisser voir son but de ré-
bellion. Il y trouva les troupes grecques composées de onze mille hoplites
ou infanterie pesante, et de deux mille hommes de troupes légères,
et commandées par des chefs habiles. Les Barbares, rassemblés par
Ariée, formaient une masse de près de cent mille combattants.

L'armée traversa la Phrygie, la Cappadoce et la Syrie, et ce ne fut que
sur les bords de l'Euphrate que Cyrus manifesta ses desseins. Les Grecs
ne pouvaient songer à se retirer seuls et penchaient pour lui ; une aug-
mentation de paie les lui rendit favorable. On passa le fleuve à gué dans
un endroit où les soldats avaient de l'eau jusque sous les bras, et l'on
entra dans la Mésopotamie. Cyrus voulait descendre l'Euphrate jusqu'à
Babylone, mais il fut arrêté à une journée de cette ville dans la plaine de
Cunaxa, par son frère qui marchait à sa rencontre avec une armée immense rassemblée dans ses vastes Etats, et se montant, dit-on, à plus d'un
million d'hommes. Aussi lorsqu'elle parut, dit Xénophon, on aperçut
une poussière pareille à un nuage blanc qui s'abattit bientôt sur la
plaine.

Quand les armées furent en présence, les Grecs entonnèrent un pæan
ou hymne de combat, et s'avancèrent résolument vers l'ennemi. Bientôt
ils se mirent à courir en jetant de grands cris, et, frappant de leurs pi-
ques leurs boucliers pour effrayer les chevaux, ils se précipitèrent avec
l'impétuosité d'une mer en furie. Mais avant qu'ils fussent à une portée
de traits, les Perses détournèrent leurs chevaux et s'enfuirent en dé-
route. Les Grecs les poursuivirent en gardant leurs rangs et en firent
un grand massacre. Les chariots armés de faulx, abandonnés de leurs
conducteurs, étaient emportés les uns à travers les Perses, les autres à
travers les Grecs, semant indistinctement la mort des deux côtés.

Cyrus, voyant les Grecs victorieux, jouissait déjà de l'ivresse du triomphe, et sa suite lui décernait les honneurs de la royauté. Sur ces entre-
faits, Artaxercès, voyant qu'on ne s'occupait pas d'attaquer le centre et
que personne ne l'inquiétait, fit un mouvement pour envelopper les
Grecs. Cyrus s'en aperçut et craignit qu'il ne les écrasât sous les masses
qu'il dirigeait : il le chargea avec six cents chevaux, et dans la mêlée se
trouva par hasard face à face avec lui. Ne pouvant contenir sa rage, il

s'écria : Je vois l'homme! courut à lui et le frappa à la poitrine au moment où un javelot le frappait lui-même au-dessous de l'œil. Les deux frères en vinrent ensuite aux mains, et leurs amis, de part et d'autre, s'empressèrent de les entourer. Enfin le nombre triompha, Cyrus fut tué, et huit de ses principaux amis se firent massacrer sur son corps.

Cependant les Grecs, ignorant ce qui se passait au centre, poursuivaient vivement les Barbares qu'ils avaient devant eux, et d'un autre côté les troupes d'Artaxercès pillaient le camp de Cyrus, avec la confiance d'une victoire complète. Le roi par une attaque força les Grecs à se retourner, mais il fut repoussé avec perte, et les Grecs vainqueurs partout s'étonnaient de ne point voir Cyrus, dont ils n'apprirent la mort que le lendemain. Ariée, qui avait rallié les débris de l'armée de Cyrus, leur proposa de faire route ensemble vers l'Ionie, et les Grecs lui offrirent de le proclamer roi, mais le cœur lui faillit, et le départ fut résolu.

Artaxercès les atteignit bientôt, les entoura et réclama leurs armes, comme la propriété de Cyrus qui avait été son esclave : les Grecs répondirent qu'ils mourraient les armes à la main ; et le roi, confondu de leur fierté, se souvint de leur bravoure impétueuse, et résolut de détruire par la ruse ceux qu'il n'osait attaquer avec un million de soldats. Il négocia donc une trève et promit de favoriser leur retour dans leur pays. Tissapherne reçut ostensiblement l'ordre de protéger leur route, et en secret celui de les perdre. On s'aperçut bientôt de sa mauvaise foi. Les vivres faisaient défaut, les manœuvres et l'arrogance des Perses annonçaient des projets sinistres, et l'inquiétude se répandit dans les troupes. Le perfide satrape commença par détacher Ariée de leur parti, puis, sous prétexte de régler à l'amiable les différends, invita tous les principaux chefs des Grecs à se rendre dans sa tente. A peine furent-ils entrés qu'on les saisit, pendant qu'on massacrait leur suite. On les conduisit ensuite au roi, qui leur fit trancher la tête.

L'armée consternée, sans chefs, isolée en pays ennemi, à six cents lieues de la Grèce, s'abandonnait au découragement, et l'ennemi avait beau jeu. Le désespoir et le désordre allaient la perdre, sans l'énergie d'un Athénien, de Xénophon, disciple de Socrate, qui servait en qualité de simple volontaire. C'est dans de semblables crises que les grands caractères se décèlent ; Xénophon rassemble les soldats, réveille leur ardeur, ranime leur courage ; son éloquence, la fougue de son geste et de sa parole les électrisent et transforment en guerriers invincibles ces fugitifs que la peur allait débander et livrer sans défense aux coups des Perses. L'ordre se rétablit, on élit de nouveaux officiers, on se forme en bataillon carré pour présenter partout un front hérissé de fer. Tissapherne tente en vain des attaques multipliées ; les masses qu'il lance pour écraser les Grecs viennent briser leur fougue sur leur phalange héroïque. Xénophon se multiplie pour faire face au péril. Ici, sentant la nécessité d'avoir au moins une image de cavalerie, il équipe en un clin-d'œil cinquante cavaliers. Là, des Rhodiens prennent la fronde et deviennent très-utiles pour repousser les attaques au trait. Enfin, ne pouvant les entamer, Tissapherne s'en remit pour leur perte aux obstacles insurmontables de leur route, et se décida à les abandonner.

Le Tigre les arrêta d'abord : ils furent forcés de prendre un grand détour, et de traverser pendant cinq jours les défilés des montagnes des Carduques, défendus par une population belliqueuse dont les hordes les harcelaient en leur lançant des nuées de traits à la manière des Parthes, c'est-à-dire en fuyant. Enfin, ils passèrent le Tigre non loin de sa source, et taillèrent en pièces les troupes d'un satrape qui voulut leur barrer le passage ; ayant traversé l'Euphrate, ils entrèrent dans des contrées ensevelies sous les neiges, où les rigueurs du froid leur enlevèrent beaucoup de monde. Après s'être un peu refaits dans des habitations creusées sous la terre par les indigènes, ils passèrent le Phase, et combattirent les Chalybes, peuples belliqueux qui dansaient et poussaient des cris de joie à l'approche des ennemis. Ils découvrirent ensuite la montagne Sacrée du pays appelée Tékès, et les premiers soldats qui gagnèrent le sommet poussèrent de grands cris qui surprirent fort l'armée.

« Xénophon crut qu'il y avait là quelque chose d'extraordinaire. Sur-le-champ il monta à cheval, et prenant avec lui Lycius et la cavalerie, il marcha à leur secours. Mais bientôt il entend les soldats crier : *la mer ! la mer !* en se félicitant mutuellement. Tous se mirent alors à courir, l'arrière-garde même, et l'on chassa devant soi les bêtes de somme avec les chevaux. Quand les Grecs furent tous arrivés au sommet de la montagne, ils s'embrassèrent les uns les autres, les larmes aux yeux, ainsi que leurs généraux et leurs capitaines. Sur-le-champ, les soldats apportent des pierres sans qu'on ait su par l'ordre de qui, et élevant un tertre considérable, ils y placent un grand nombre de boucliers couverts de peaux de bœufs crues, de bâtons et de boucliers enlevés à l'ennemi. »

Après quelques escarmouches avec les Colchidiens, ils entrèrent enfin dans Trapezus ou Trébizonde, colonie grecque où ils retrouvèrent avec transport le langage et les mœurs de la patrie. Après avoir goûté dans les douceurs de l'hospitalité un mois de repos acheté par tant de fatigues et de périls, on embarqua la partie la moins valide de la troupe, et le reste continua sa route par terre. Leurs maux paraissaient finis, et pourtant ils eurent encore de rudes épreuves à subir. La division se mit dans leurs rangs, et les soldats, mécontents de leurs chefs, entreprirent de franchir en corps séparés le passage dangereux de la Bythinie. Mal leur en aurait pris si Xénophon n'était venu, avec sa division, les tirer des mains des Thyniens, horde cruelle et féroce. Xénophon se vit bientôt chargé du commandement qui lui fut dévolu par l'armée, et il maintint la discipline.

Les richesses de Byzance tentèrent les Grecs, mais Xénophon sut les préserver de flétrir leur gloire par le pillage de cette ville. De là, ils allèrent en Thrace rétablir sur le trône le prince Ceuthe qui les avait appelés à son secours. Ce prince ingrat leur manqua de parole, et il lui en aurait coûté cher si Xénophon, à la nouvelle d'une déclaration de guerre de Sparte contre les Perses, ne les avait pas décidés à rejoindre l'armée lacédémonienne, ce qu'ils firent sans obstacles.

Ainsi finit la fameuse Retraite des Dix mille, que les combats et les fatigues d'une route de dix-neuf mois à travers six cents lieues de pays, avaient réduits à six ou sept mille soldats que le général Lacédémonien accueillit avec l'enthousiasme qu'inspiraient partout leur constance et leur valeur.

Ce n'est pas assez de ce résumé pour juger de leurs fatigues et de leurs dangers ; c'est dans l'historien grec qu'il faut lire cette lutte de tous les instants contre tous les genres de périls.

———————

# ABDICATION DE CHARLES-QUINT,



Voici une des scènes les plus importantes et les plus rares que présente l'histoire : Un empereur, au faîte de la gloire et de la puissance, quittant volontairement les rênes du pouvoir, et descendant du trône pour chercher loin des honneurs et des cours la tranquillité d'une vie paisible. Charles-Quint, ce prudent rival du chevaleresque François I<sup>er</sup>, déposa, à cinquante-six ans à peine, la triple couronne d'empereur d'Allemagne, de roi des Espagnes et de souverain des Pays-Bas. Quel fut le motif de cette décision de laquelle on trouverait à peine un exemple ? Des infirmités en furent le prétexte, mais peut-être préféra-t-il sortir de la scène où l'Europe le suivait des yeux, avant qu'aucun nuage eût terni l'éclat de sa fortune.

Quoi qu'il en soit, écoutons l'éloquente narration que Robertson fait de cet événement.

« Après avoir convoqué les États des Pays-Bas à Bruxelles, pour le 25 octobre, l'empereur vint y siéger pour la dernière fois sur son trône, ayant à l'un de ses côtés son fils, à l'autre, sa sœur, reine de Hongrie et régente des Pays-Bas, et derrière lui un cortége brillant de grands d'Espagne et de princes de l'empire. Le président du conseil de Flandre expliqua en peu de mots l'intention du souverain dans la convocation extraordinaire de cette assemblée. Il lut ensuite l'acte de résignation par lequel l'empereur abandonnait à Philippe, son fils, tous ses domaines, sa juridiction et son autorité dans les Pays-Bas, déchargeant ses sujets de l'obéissance qu'ils lui devaient, pour la transporter à Philippe, son légitime héritier, afin qu'ils le servissent avec le zèle et la fidélité qu'ils lui avaient toujours montrés à lui-même, depuis tant d'années qu'il les gouvernait.

« Alors, Charles s'appuyant sur l'épaule du prince d'Orange à cause de sa faiblesse, se leva de son siége et s'adressa lui-même à l'assemblée, tenant en main un papier pour soulager sa mémoire. Il rappela avec dignité, mais sans ostentation, tout ce qu'il avait entrepris et fait de grand depuis le commencement de son règne. Il dit que, dès l'âge de dix-sept ans, s'étant dévoué tout entier au soin de son gouvernement, il n'avait donné que peu de temps au repos, encore moins au plaisir ; que, soit en temps de paix, soit pour faire la guerre, il avait passé neuf fois en Allemagne, six fois en Espagne, quatre fois en France, sept fois en Italie, dix fois dans les Pays-Bas, deux fois en Angleterre, autant en Afrique, et qu'il avait traversé onze fois la mer ; que tant que sa santé lui avait permis de remplir ses devoirs et que ses forces avaient pu suffire au gouvernement de ses vastes États, jamais il n'avait craint le travail, ni ne s'était plaint de la fatigue ; mais que sa vigueur, épuisée par les crises douloureuses d'une maladie incurable, et ses infirmités qui croissaient de jour en jour, l'avertissaient de quitter le monde ; qu'il n'était pas assez jaloux de régner pour vouloir tenir le sceptre d'une main débile, quand il ne pouvait plus protéger ses sujets ni veiller à leur bonheur ; qu'au lieu d'un souverain succombant sous le mal et qui n'avait qu'un reste de vie, il leur donnait un prince qui joignait à la force de la jeunesse l'expérience et la maturité qu'amènent les années ; que si, durant le cours d'une longue administration, il avait commis quelque faute, ou si dans l'embarras et sous le fardeau des grandes affaires qui absorbaient toute son attention il avait fait injustice à quelqu'un de ses sujets, il leur en demandait pardon ; qu'il conserverait à jamais une vive reconnaissance de leur fidélité et de leur attachement ; que ce souvenir le suivrait dans sa retraite comme sa plus douce consolation et comme la plus flatteuse récompense de tous ses travaux, et que ses derniers vœux ne demandaient au Tout-Puissant que la prospérité de ses peuples.

« Ensuite, se tournant vers Philippe qui s'était jeté à genoux et baisait la main de son père : —Si je ne vous laissais, dit-il, que par ma mort ce riche héritage que j'ai si fort accru, vous devriez quelque tribut à ma mémoire ; mais lorsque je vous résigne ce que j'aurais pu conserver encore, j'ai droit d'attendre de vous la plus grande reconnaissance. Je vous en dispense cependant, et je regarderai votre amour pour vos sujets et vos soins pour les rendre heureux, comme les plus fortes preuves de votre reconnaissance. C'est à vous à justifier la marque extraordinaire que je vous donne aujourd'hui de mon affection paternelle, et à vous montrer digne de la confiance que j'ai en vous. Conservez un respect inviolable pour la religion ; que les lois de votre pays vous soient sacrées ; n'attentez ni aux droits, ni aux priviléges de vos sujets ; et, si jamais il vient un temps où vous désiriez de jouir, comme moi, de la tranquillité d'une vie privée, puissiez-vous avoir un fils qui mérite par ses vertus que vous lui résigniez le sceptre avec autant de satisfaction que j'en goûte à vous le céder. »

Dès que Charles eut fini ces discours, il se jeta sur son siége, près de tomber en faiblesse, de la fatigue d'un si grand effort. Pendant qu'il parlait, tout l'auditoire fondait en larmes, les uns d'admiration pour sa grandeur d'âme, les autres attendris par les vives expressions de son amour pour son fils et pour ses peuples, tous avec un profond regret de perdre un souverain qui avait toujours distingué son pays natal par des marques de bienveillance particulière.

Philippe, qui était encore aux pieds de son père, se releva et d'une voix basse et soumise lui rendit grâce du don qu'il recevait de sa bonté sans exemple ; puis s'adressant à l'assemblée, et lui témoignant du regret de ne pouvoir parler le flamand avec assez de facilité pour exprimer, dans une occasion aussi intéressante, tout ce qu'il croyait devoir à ses fidèles sujets, il pria qu'on permît à Granvelle, évêque d'Arras, de parler en son nom, etc., etc.

Charles-Quint se retira au couvent de Saint-Just où il mena la vie la plus retirée et la plus modeste. Laissons encore Robertson nous raconter les derniers jours du grand empereur.

« Divers amusements l'occupaient dans sa retraite. Quelquefois il cultivait de ses propres mains les plantes de son jardin ; quelquefois, suivi d'un seul domestique à pied, il allait se promener dans un bois voisin, monté sur un petit cheval, le seul qu'il eût conservé. Souvent ses infirmités le retenaient dans son appartement et le privaient de ces récréations actives ; alors il recevait la visite de quelques gentilshommes qui avaient leurs habitations près du couvent, et il les admettait familièrement à sa table, ou bien il s'occupait à faire quelque ouvrage curieux de mécanique, et à étudier les principes de cette science, pour laquelle il avait toujours montré beaucoup de goût et de dispositions. Il avait même engagé Turriano, un des plus ingénieux mécaniciens de son siècle, à l'accompagner dans sa solitude; il travaillait avec lui à construire des modèles de machines les plus utiles et à faire des expériences sur leurs propriétés respectives; et il n'était pas rare que les idées du monarque servissent à perfectionner les inventions de l'ingénieur.

« Il se délassait quelquefois à des ouvrages de mécanique purement curieux et singuliers; il faisait des figures qui, au moyen de ressorts intérieurs, imitaient les mouvements et les gestes humains, au grand étonnement des moines ignorants, qui, voyant des effets qu'ils ne pouvaient comprendre, tantôt se défiaient de leurs propre sens, tantôt soupçonnaient Charles et Turriano d'être en commerce avec des puissances invisibles. Il prenait un plaisir particulier à construire des horloges et des montres. Ayant trouvé, après des essais multipliés, qu'il lui était impossible d'en faire marcher deux exactement l'une comme l'autre, il ne put s'empêcher, dit-on, de réfléchir, avec un mélange de surprise et de regret, sur sa propre folie, en se rappelant le temps et les soins qu'il avait employés vainement pour inspirer aux hommes une rigoureuse uniformité de sentiment.

« Cependant, six mois avant sa mort, la goutte, qui lui avait laissé un intervalle de répit plus long que de coutume, reparut avec un surcroît de violence. Son tempérament épuisé eut à peine assez de force pour soutenir une si forte secousse, qui affaiblit son âme aussi bien que son corps. Dès ce moment, à peine retrouve-t-on quelques traces de cette raison saine et mâle qui avait distingué Charles de ses contemporains. Une superstition timide et servile flétrit son esprit. Il ne désirait plus d'autre société que celle des moines, et passait presque tout son temps à chanter avec eux les hymnes du missel. Pour expier ses péchés, il se donnait en secret la discipline avec une rigueur si excessive, qu'après sa mort on trouva le fouet de cordes dont il se servait teint de son sang. Ce n'était pas encore assez de ces actes de mortification, qui, quoique sévères, n'étaient pas sans exemples. A force de chercher quelque acte de piété extraordinaire et nouveau qui pût signaler son zèle et lui attirer les faveurs du ciel, il s'arrêta à l'idée la plus bizarre et la plus étrange.

Il résolut de célébrer ses propres obsèques avant sa mort. En conséquence, il fit élever son tombeau dans la chapelle du couvent. Ses domestiques y allèrent en procession funéraire, tenant des cierges noirs dans leurs mains, et lui-même suivait enveloppé dans un linceul. On l'étendit dans un cercueil avec beaucoup de solennité. On chanta l'office des morts; Charles joignit sa voix aux prières qu'on récita pour le repos de son âme, et mêlait ses larmes avec celles que répandaient les assistants, comme s'ils avaient célébré de véritables funérailles. La cérémonie se termina par jeter, selon l'usage, de l'eau bénite sur le cercueil, et tout le monde s'étant retiré, les portes de la chapelle furent fermées. Charles sortit alors du cercueil, et se retira dans son appartement, plein des idées lugubres que cette solennité ne pouvait manquer d'inspirer. Soit que la longueur de la cérémonie l'eût fatigué, soit que cette image de mort eût fait sur son esprit une impression trop forte, il fut saisi de la fièvre le lendemain. Son corps exténué ne put résister à la violence de l'accès, et il expira le 24 de septembre, âgé de 58 ans, 6 mois et 25 jours. »

# LE NAUFRAGE DU VAISSEAU LE VENGEUR

Au combat du 13 prairial an II ( 4 juin 1794 ).

Parler de 1794, année lugubre et désastreuse, c'est réveiller des souvenirs odieux et terribles. Il faut toute la gloire, tout l'héroïsme de nos armées pour faire consentir à fouiller ces sanglantes annales, où l'œil découvre avec effroi d'interminables listes de condamnations à mort.

On attendait des grains d'Amérique, et de leur arrivée dépendait à peu près le salut de la France. Un convoi de grains était parti de Saint-Domingue, s'était grossi de quelques navires des États-Unis et s'aprochait de nos côtes, fort de deux cents voiles et escorté seulement de trois frégates. On conçoit de quelle importance était la capture de ce convoi pour les Anglais, qui saisissaient avec empressement toutes les occasions de nous précipiter vers notre perte en augmentant notre misère. L'amiral Howe croisait donc dans le golfe de Gascogne avec trente-huit vaisseaux, et il était peu probable que le convoi lui échappât, car la République n'avait pas de marine, pas de flotte pour tenir l'escadre anglaise en respect et protéger le débarquement. Mais on vit alors un de ces prodiges qui sauvèrent tant de fois la France dans ces jours mémorables. Jean-Bon-de-Saint-André se rendit à Brest, en qualité de représentant du peuple, avec la mission de créer une flotte. Comment fit-il, je ne saurais le dire; mais il déploya une adresse et une activité si merveilleuses que bientôt vingt-six vaisseaux armés et équipés sortirent de Brest et allèrent à la rencontre du convoi, sous le commandement d'un simple capitaine, Villaret-de-Joyeuse. Les équipages, formés à la hâte de tout ce qu'on avait pu rassembler, se composaient en grande partie de paysans qui n'avaient jamais vu la pleine mer, et qu'il fallait rompre aux manœuvres pendant la route.

L'escadre s'avança fièrement, rejoignit le convoi et fit voile de conserve avec lui pour les côtes du Finistère. A une centaine de lieues de la France on rencontra la flotte anglaise, et les marins demandèrent à grands cris le combat. L'accepter était une grande imprudence, car c'était mettre en jeu d'immenses intérêts pour une misérable gloriole. Villaret-de-Joyeuse voulait songer d'abord à la sûreté du précieux convoi, mais Jean-Bon-de-Saint-André, entraîné par l'ardeur des équipages, le força d'engager l'action. L'affaire fut très-chaude, nos jeunes marins se battirent comme de vieux loups de mer; mais sur mer ce n'est pas assez que d'avoir du courage et de la fougue, et la bravoure furieuse des républicains échoua contre l'expérience des Anglais qui percèrent le centre et doublèrent et écrasèrent la gauche. La droite resta spectatrice du combat par la force des circonstances : peut-être l'officier qui la commandait n'est-il pas sans reproches à se faire, car il est douteux qu'il n'eût pas réussi à dégager la gauche s'il s'était avancé pour la couvrir comme Villaret-de-Joyeuse lui en fit inutilement le signal. Les Français perdirent huit mille hommes et sept vaisseaux : l'un d'eux, *le Vengeur* s'engloutit aux cris de vive la République, lâchant encore ses bordées quand les canons étaient déjà à fleur d'eau. La flotte anglaise avait été si rudement traitée qu'elle fut forcée de s'éloigner, et le convoi arriva en France sans obstacle.

Quand on apprit les détails de ce combat, on dut s'extasier sur l'héroïsme du *Vengeur*, et Barrère, chargé du rapport de cette affaire, s'adressa en ces termes à la Convention.

« Citoyens, le comité ma chargé de faire connaître à la Convention des traits sublimes qui ne peuvent être ignorés d'elle ni du peuple français.

« Depuis que la mer est devenue un champ de carnage et que les flots ont été ensanglantés par la guerre, les annales de l'Europe n'avaient pas fait mention d'un combat aussi opiniâtre, d'une valeur aussi soutenue et d'une action aussi terrible, aussi meurtrière que celle du 13 prairial, lorsque notre escadre sauva le convoi américain. Les armées navales de la République française et de la Monarchie anglaise étaient en présence depuis longtemps, et le combat le plus terrible venait d'être livré. Le feu le plus vif, la fureur la plus légitime de la part des Français, augmentaient les horreurs et le péril de cette journée. Trois vaisseaux anglais étaient coulés bas, quelques vaisseaux français étaient désemparés ; la canonnade ennemie avait entr'ouvert un de ces vaisseaux et réunissait la double horreur d'un naufrage certain et d'un combat à mort.

« Mais ce vaisseau était monté par des hommes qui avaient reçu cette intrépidité d'âme qui fait braver le danger, et l'amour de la patrie qui fait mépriser la mort.

« Une sorte de philosophie guerrière avait saisi tout l'équipage ; les vaisseaux du tyran anglais cernèrent le vaisseau de la république et voulaient que l'équipage se rendît : Une foule de pièces d'artillerie tonne sur *le Vengeur ;* des mâts rompus, des voiles déchirées, des membrures de ce vaisseau couvrent la mer. Tant de courage, tant d'efforts surnaturels vont-ils donc devenir inutiles ?... Plusieurs heures de combat n'ont pas épuisé leur courage : ils combattent encore ; l'ennemi reçoit leurs derniers boulets, et le vaisseau fait eau de toutes parts.

« Que deviendront nos braves frères ? Ils doivent ou tomber dans les mains de la tyrannie, ou s'engloutir au fond des mers. Ne craignant rien pour leur gloire, les républicains qui montent le vaisseau sont encore plus grands dans l'infortune que dans le succès.

« Une résolution ferme a succédé à la chaleur du combat : imaginez-vous le vaisseau *le Vengeur* percé de coups de canon, s'entr'ouvrant de toutes parts et cerné de tigres et de léopards anglais ; un équipage composé de blessés et de mourants, luttant contre les flots et les canons : tout à coup le tumulte du combat, l'effroi du danger, les cris de la douleur des blessés cessent : tous montent ou sont portés sur le pont. Tous les pavillons, toutes les flammes sont arborés ; les cris de *Vive la République ! Vivent la Liberté et la France !* se font entendre de tous côtés ; c'est le spectacle touchant et animé d'une fête civique, plutôt que le mouvement terrible d'un naufrage.

« Un instant ils ont dû délibérer sur leur sort. Mais non, citoyens, nos frères ne délibèrent plus ; ils voient l'Anglais et la patrie ; ils aimeront mieux s'engloutir que de la déshonorer par une capitulation ; ils ne balancent point, leurs derniers vœux sont pour la Liberté et la République ; ils disparaissent ! (Un mouvement unanime d'admiration se manifeste dans la salle ; des applaudissements et des cris de *Vive la République* expriment l'émotion vive et profonde dont l'assemblée est pénétrée; les acclamations des tribunes se mêlent à celles des assistants.)

« C'est aux poëtes et aux peintres à tracer et à peindre l'événement du *Vengeur ;* c'est à leurs vers consolateurs, c'est à leurs pinceaux reconnaissants à répéter à la postérité ce que les fondateurs de la République trouvèrent grand, généreux ou utile. Les monuments élevés aux héros d'Homère ne sont plus que dans ses vers ; la célébrité d'Agricola ne repose plus dans l'urne faite par un artiste célèbre ; elle repose encore dans les écrits de Tacite. Ouvrons donc un concours honorable à la poésie et à la peinture, et que des récompenses nationales décernées dans une fête civique régénèrent les arts et encouragent les artistes ; ou plutôt, David, ressaisis tes pinceaux, et que ton génie arrache au sein des mers le vaisseau célèbre dont les marins ont arraché l'admiration aux Anglais mêmes. »

# COMMENT ON FAIT SON CHEMIN A LA COUR.

C'est une rude besogne que de faire son chemin dans ce monde; et pour nous créer une position honorable, quand le vent des protections et des faveurs n'enfle pas notre voile, il faut bien du courage, bien de la patience, et par-dessus tout beaucoup de travail. Le pauvre hère qui n'a que son talent en mettant le pied à l'échelle sociale, devra assiéger chaque échelon, et ce n'est qu'à force de persévérance et d'efforts qu'il pourra espérer de monter d'un degré. Aujourd'hui le travail est le seul refuge de quiconque n'a ni bonnes connaissances pour le pousser, ni fortune pour nouer des liaisons avantageuses; et il ne faut rien attendre du hasard.

Il en a presque toujours été de même; mais pourtant il se présentait parfois, dans le bon vieux temps, de ces conjonctures où une heureuse chance poussait d'un bond son homme à la fortune. Il est vrai qu'il n'était permis qu'aux gens de bonne maison d'espérer ces hasards favorables; mais on voyait souvent des beaux fils sans sou ni maille faire leur chemin en un clin d'œil et d'une manière fort commode. C'était surtout dans les cours que dame fortune se livrait à tous les caprices de son imagination vagabonde.

La cour était le rendez-vous de tout ce qu'il y avait d'illustre dans la nation : autour du roi se pressaient savants et guerriers, poëtes et grands seigneurs, femmes charmantes et saints prélats, et dans les splendeurs des fêtes royales il suffisait d'un regard du maître pour vous élever un homme, et lui donner sur-le-champ, rang, honneurs, fortune, et conséquemment beaucoup d'amis.

Quand c'était un roi jeune, élégant, beau, spirituel autant que brave, comme Louis XIV ou François Ier, il suffisait parfois, pour réussir, d'une joyeuse saillie, d'une repartie spirituelle, et même d'une jambe bien faite, d'une taille bien prise ou d'une figure avenante. Je me suis laissé dire que le fameux Lauzun, qui était arrivé à la cour, gueux comme un cadet de Gascogne qu'il était, n'avait dû sa haute fortune qu'à l'exquise élégance et à la grâce parfaite qu'il avait déployées dans un savant menuet. On sait l'adroite flatterie qui valut au petit duc de Richelieu la protection de Louis XIV; quand on présenta le bambin de quinze ans à l'orgueilleuse majesté, celle-ci daigna lui dire de sa propre bouche : Monsieur le duc, pourquoi tenir les yeux baissés en notre présence? — Sire, répondit le petit bonhomme avec l'assurance d'un vieux courtisan, peut-on regarder en face le soleil? Et la balourdise d'un gentillâtre, aussi sot que possible, qui ayant appris le succès de la phrase de Richelieu, s'empressa d'en faire une seconde édition qu'il enrichit d'une délicate allusion entièrement de son cru, en l'honneur de m$^{me}$ de Maintenon qui trônait à côté du roi : « Sire, votre humble serviteur et sujet pourra se vanter toute sa vie d'avoir regardé en face à la même heure, le soleil et la lune. » Vous pensez bien que M$^{me}$ de Maintenon fut médiocrement flattée d'être comparée à l'astre des nuits, et qu'on renvoya le bonhomme sur ses terres pour y admirer les astres.

Walter Scott, dans son beau roman de *Kenilworth*, nous raconte comment Walter Raleigh se fit remarquer de la reine d'Angleterre, par un trait de présence d'esprit et de courtoisie qui fit sa fortune. Elisabeth, haute et puissante reine, était aussi femme, et son cœur altier et irascible était loin d'être fermé aux séductions de l'élégance, de l'esprit et de l'adroite flatterie. Elle tenait beaucoup à ces délicates prévenances que doivent avoir les hommes pour toute femme, et disgracia un courtisan pour avoir osé se présenter botté devant elle. Walter Raleigh était un jeune cavalier admirablement tourné, vêtu du meilleur goût, et dont l'esprit vif et sémillant n'avait jamais failli à la repartie. Il était aussi ambitieux que brave, et se disait tous les jours qu'un gentilhomme comme lui ne pouvait pourrir dans la médiocrité. Son vœu le plus ardent était de se produire à la cour, comptant y faire merveille; mais c'était un espoir bien hardi pour un jeune homme sans fortune et sans grande noblesse. Le hasard le servit à souhait : Le comte de Sussy, dont il était écuyer, le chargea d'un message pour Élisabeth, et il s'embarqua avec un autre gentilhomme pour Greenwich, en bâtissant dans son cerveau mille châteaux en Espagne. Voyons ce qu'il advint de notre étourdi. C'est Walter Scolt qui parle :

« Le pavillon Anglais flottait sur la barque royale où se trouvaient déjà les bateliers de la reine, vêtus de leurs riches livrées ; et on l'avait approchée de l'escalier conduisant dans le parc de Greenwich. Deux ou trois autres barques étaient destinées pour les personnes de la suite d'Elisabeth qui ne devaient pas être admises dans la première. Ses gardes du corps, les plus beaux hommes de l'Angleterre, formaient une double haie depuis la porte du palais jusqu'au bord de l'eau, et l'on semblait attendre l'arrivée de la reine quoiqu'il fût encore de très-bonne heure.

« Walter ordonna aux bateliers d'approcher d'un endroit où ils pourraient débarquer, pensant que le respect ne leur permettait pas de se servir en ce moment de l'escalier du parc. Il sauta légèrement sur le rivage, suivi du prudent et circonspect Blount, qui semblait l'accompagner à regret. En se présentant à la porte du palais, ils apprirent qu'ils ne pouvaient y entrer parce que la reine allait sortir.

A l'instant, les portes s'ouvrirent, et les huissiers du palais commencèrent à s'avancer en cérémonie, précédés par les gentilshommes pensionnaires. Bientôt Élisabeth parut au milieu des dames et des seigneurs de sa cour, rangés de manière à ce qu'elle pouvait être vue de toutes parts. Elle était encore jeune, et brillait de tout l'éclat de ce qu'on appellerait dans tous les rangs noblesse et dignité. Elle s'appuyait sur le bras de lord Hudson, qui étant son parent du côté de sa mère, recevait souvent de semblables marques de distinction.

« Walter n'avait probablement jamais approché si près de la personne de sa souveraine, et il s'avança jusqu'à la haie que formaient les gardes, afin de profiter de cette occasion pour la bien voir. Son compagnon, au contraire, maudissant ce qu'il appelait son imprudence, cherchait à le retenir ; mais Walter parvint à s'en débarrasser, et, laissant son manteau flotter négligemment sur une épaule, déploya par là sa belle taille avec plus d'avantage. Otant alors sa toque, il fixa les yeux sur la reine avec un mélange de curiosité et d'admiration à la fois expressive et modeste. Enfin les gardes, frappés de sa bonne mine et de la richesse de ses vêtements, souffrirent qu'il se plaçât près d'eux, ce qu'ils ne permettaient pas aux spectateurs d'un rang ordinaire, et le jeune audacieux se trouva ainsi exposé en plein aux regards d'Élisabeth, qui n'était jamais indifférente ni à l'admiration qu'elle excitait à juste titre, ni aux avantages extérieurs qu'elle remarquait dans ses courtisans. Quand elle fut près de ce jeune homme, elle jeta un coup d'œil sur lui, d'un air qui annonçait quelque surprise de sa hardiesse, sans mélange de ressentiment. Mais un incident fixa plus particulièrement son attention sur lui. Il avait plu toute la nuit; et précisément devant la place où se tenait notre jeune homme, un peu de boue se trouvait sur le passage de la reine. Elle hésita un instant, et Walter, détachant son manteau en un clin d'œil, l'étendit par terre pour qu'elle pût passer à pied sec, accompagnant cet acte de dévouement d'un salut respectueux, tandis que son visage se couvrait de la plus vive rougeur. La reine leva de nouveau les yeux sur lui, lui fit un signe de tête, passa à la hâte, et monta sur sa barque sans dire un seul mot. »

Quelques minutes après, un courtisan vint le chercher de la part de la reine qui le poussa de railleries vives et spirituelles auxquelles il répondit avec autant de finesse que de convenance, sans manquer d'assaisonner ses reparties de flatteries qui furent loin de déplaire. Enfin il montra tant de modestie, de grâce et d'esprit que la reine l'attacha de suite à sa maison, et bientôt le fit chevalier.

Ainsi fit fortune sir Walter, pour avoir sali son manteau.

# GALILEE.

Voici une de ces belles vies toutes de travail, de lutte et de courage. Galilée est un des martyrs de la science, un de ces génies nés curieux, que leur manie de savoir conduit à des découvertes qui leur attirent la haine de leurs contemporains dont elles heurtent les préjugés. Il n'est pas permis à un homme d'avoir impunément raison contre tout le monde; Christophe Colomb, Papin, Galilée et tant d'autres ne l'ont que trop prouvé.

Galileo Galilei, fils d'un seigneur florentin assez pauvre mais musicien célèbre, naquit à Pise en 1604. Les premiers jeux de l'enfant décélèrent le génie inventif de l'homme, car son amusement préféré consistait à construire de petites mécaniques dont les dispositions ingénieuses frappaient ses parents d'admiration. Il fit à Florence de solides études dont l'influence se reconnaît à la netteté de ses discours et à l'élégance de ses écrits, et à dix-huit ans retourna à Pise étudier la médecine. C'était trop peu pour lui de disséquer et anatomiser l'homme, il lui fallait l'autopsie de l'Univers, et surtout l'étude des causes. Il suivit donc avec ardeur les cours des philosophes péripatéticiens. En ce temps-là, comme de nos jours on le voit encore quelquefois, chacun prônait son homme, son système, et était convaincu que nul ne pouvait rien trouver après son fétiche. Ainsi tous les savants d'alors ne juraient que par Aristote, et pour juger si une raison était bonne, si une découverte était réelle, on ne s'avisait pas d'examiner le pour et le contre, on ouvrait Aristote, et tout ce qui ne cadrait pas avec son système était faux, absurde, par cela seul que cela n'était pas dans Aristote. On s'abstenait donc de penser, puisque Aristote était censé avoir pensé pour l'humanité entière.

Cette manière de juger les choses ne fut nullement du goût de notre jeune homme, qui à beaucoup de bon sens joignait une bonne dose d'obstination. Il eut le tort impardonnable de prouver que mons Aristote avait maintes fois divagué, et de montrer aux fanatiques leur idole en défaut. Cette audace lui attira un orage de haines et de fâcheuse indignation, qui couva longtemps, et eut une pernicieuse influence sur les dernières années de sa vie. C'est une si terrible chose que d'être désigné partout comme un mécréant! Pour lui il méprisa les savantas et leur fatras académique, et employa son temps à des méditations plus fructueuses que toutes les études philosophiques et théologiques qu'il avait pu faire.

En rêvant un jour dans la cathédrale de Pise, il regarda machinalement le va-et-vient d'un lustre suspendu au haut de la voûte. Vous et moi avons pu remarquer ce mouvement de tout objet suspendu, mais ni vous, ni moi, ni maître Aristote, n'avons su tirer la conséquence. Le jeune Galilée observa que ces oscillations sont réglées et périodiques, et reconnut qu'elles sont aussi d'égale durée. Après s'être confirmé dans cette opinion par des expériences réitérées, il comprit que ce phénomène pouvait être d'un immense avantage pour la mesure du temps, et découvrit le principe de ces horloges appelées pendules. Ce fait resta gravé dans sa mémoire, et cinquante ans après se traduisit par la construction d'une horloge destinée aux observations astronomiques.

A vingt ans, Galilée n'avait encore aucune notion des mathématiques; son père lui avait souvent parlé des rapports des nombres avec la génération de l'harmonie musicale, et le peu qu'il lui en avait dit avait piqué la curiosité du jeune homme. Mais le papa tenant à ce que son fils coiffât le docte bonnet de médecin, exigea qu'il finît ses cours de médecine avant d'attaquer la science désirée.

Mais il était trop tard, la vocation parlait haut, et Galilée parvint à se faire donner des leçons en cachette par le professeur des pages du grand-duc (Combien en est-il parmi nos lecteurs qui se cachent ainsi pour étudier?). Dès qu'il eut mordu à Euclide, adieu la médecine, adieu Aristote et l'Académie! son esprit exact et méthodique s'enflamma pour cette belle science, la seule où l'on marche à coup sûr et où l'on soit certain de saisir la vérité, sans pouvoir conserver de doutes. En vain le père voulut combattre l'influence absorbante des sciences fixes, Galilée étudiait Euclide en tenant ouvert Hippocrate ou Galien. Enfin, parvenu au sixième livre, il n'y tint plus, et alla signifier à son père que sa vie appartenait aux mathématiques, et qu'il ne voulait plus perdre son temps à étudier des préceptes que chacun pouvait contredire. Le bonhomme voyant que décidément son fils était né mathématicien, ne le contraria plus dans ses études, et il s'enfonça dans les bouquins et les expériences.

Bientôt des découvertes, des travaux importants firent connaître le jeune Galilée, qui à vingt-cinq ans eut la satisfaction d'obtenir la chaire de mathématiques de Pise. Ses expériences, ses démonstrations, l'éclat de sa parole et la puissance de son génie lui attiraient un nombreux auditoire que chaque leçon venait grossir, quand les soutiens des vieilles idées ourdirent des trames si multipliées contre le novateur, qu'il lui fallut abandonner sa chaire. Il obtint bientôt celle de Padoue où il continua ses leçons et s'illustra par des travaux de gnomonique, de mé-canique, d'astronomie et même de fortification, et fit ses découvertes les plus importantes. Il bafoua encore les péripatéticiens en prouvant qu'une étoile qu'on venait de découvrir était fort au delà de l'air planétaire, dans les espaces qui, suivant Aristote, n'éprouvaient aucune mutation.

C'est à cette époque que des enfants hollandais ayant mis des verres grossissants aux deux bouts d'un tube de fer-blanc, découvrirent la lunette de longue vue. Au seul récit de cette découverte, l'imagination de Galilée s'enflamma : il étudia la décomposition des rayons à travers les différents verres et parvint à construire un télescope sur des données scientifiques. A force d'expériences et de méditations il le perfectionna au point de pouvoir le diriger vers le ciel.

Quelle joie, quelle douce ivresse dut enflammer son cœur quand il approcha son œil du télescope, et vit s'ouvrir à sa vue les espaces lumineux, avec la conscience qu'il voyait ce que nul sur la terre n'avait encore vu ! La Lune, semblable à une terre hérissée de montagnes, sillonnée de vallées profondes ; Jupiter entouré de quatre satellites ; le Soleil semé de taches mobiles ; la Voie lactée, fourmilière étincelante où pullulent les astres ; enfin les espaces sillonnés en tous sens de planètes, d'étoiles et de soleils : quel spectacle sublime et inattendu ! quelle conquête ! le grand livre de lumières ouvert à l'homme. Les Voiles d'airain dont parlaient les anciens étaient enfin soulevés ! Galilée ne s'endormit pas dans l'ivresse de son triomphe, mais travailla à établir les conséquences de ses observations relativement à la constitution de l'Univers, et il arriva que ces travaux consolidèrent la découverte récente de Copernic, autre chercheur qui venait de donner un fameux soufflet au monde savant. Jusqu'à lui on avait cru que la terre était capitale du monde et qu'autour d'elle défilaient respectueusement les étoiles, les soleils, et toute la masse sidérale : il se dit que ce pouvait bien être la terre elle-même qui tournait autour du soleil et le prouva. On lui rit au nez, suivant l'éternelle coutume, mais Galilée prouva qu'il avait cent fois raison. Celui-ci était alors à Florence. Le plus sûr moyen de venger Aristote sur Galilée, c'était de prohiber la doctrine de Copernic qu'il soutenait et propageait avec tant d'éclat. On la dénonça donc au Saint-Siége comme hérétique. En vain Galilée fit appel au bon sens: une assemblée de théologiens porta la sentence suivante, digne de tel corps savant que je m'abstiendrai de nommer :

« Soutenir que le soleil est placé immobile au centre du monde, est une opinion absurde, fausse en philosophie, et formellement hérétique, parce qu'elle est expressément contraire aux Écritures. Soutenir que la terre n'est point placée au centre du monde, qu'elle n'est pas immobile et qu'elle a même un mouvement journalier de rotation, c'est aussi une proposition fausse, absurde et au moins erronnée dans la foi. »

Galilée eut beau dire, on lui défendit de professer l'opinion condamnée.

Enflammé par son amour pour les vérités dont il se regardait comme le dépositaire, il résolut d'accabler ses adversaires en rassemblant dans un seul corps toutes les preuves physiques du mouvement de la terre et de la constitution des cieux. Il y employa seize années de sa vie. Tout ce que l'esprit le plus fin peut imaginer de délicatesse, tout ce que le goût le plus pur peut admettre d'agrément, fut réuni pour rendre la vérité plus attrayante. Il n'en fit point un lourd traité, mais de simples dialogues entre deux personnages instruits et distingués, et un nigaud appelé Simplicien, qui jurait toujours par Aristote.

Malgré les ruses et les précautions dont il entoura la publication de ce livre, il attira contre lui le clergé et l'école, et, mal lui en prit, car les savants et les princes de l'Église, outragés, réussirent à persuader au pape Urbain VIII que Galilée l'avait mis en scène sous le nom de Simplicien. L'inquisition se saisit de l'affaire et Galilée fut mandé à Rome à soixante-neuf ans, malgré sa faiblesse et ses rhumatismes. Il essaie de parler raison, pour toute réponse on lui objecte sans cesse ce passage de l'Écriture : *Terra autem in æternum stabit quia in æternum stat.* « La terre sera éternellement immobile, parce qu'elle est éternellement immobile. » Il expose ses preuves, on lui coupe la parole par des élans de zèle, on hausse les épaules, on sourit de pitié. On prohiba ses dialogues ; on le condamna à la prison perpétuelle et on le força de plus à abjurer en ces termes : « Moi, Galilée, dans la soixante-dixième année de mon âge, étant constitué prisonnier, et à genoux devant Vos Éminences, ayant devant mes yeux les Saints Évangiles que je touche de mes propres mains, j'abjure, je maudis et je déteste l'erreur et l'hérésie du mouvement de la terre. » En se relevant, dit-on, il ne put s'empêcher de dire tout bas en frappant du pied : *E pur si muove !* « Et pourtant elle se meut ! »

Il fut emprisonné dans le palais de la Trinité-du-Mont. On lui permit au bout de quelque temps de résider à la campagne ; mais les rancunes des ignorants lui suscitèrent encore de nombreuses tracasseries à cause de ses études et de ses liaisons avec les savants de l'Allemagne. C'était trop s'acharner après un homme qui n'avait d'autre tort que son ardent amour pour la vérité.

Galilée perdit la vue à soixante-quatorze ans, et mourut d'une fièvre lente quatre ans après, l'année même de la naissance de Newton, auquel il avait frayé la voie.

# LES ENFANTS D'EDOUARD.

« Plus heureux qu'un roi ! » disent les contes dont nous bercent nos nourrices, et ce dicton passe machinalement de bouche en bouche et d'âge en âge pour désigner un être comblé des faveurs de la fortune. Si pourtant il nous était donné d'évoquer ici les ombres de tous ceux qui ceignirent la couronne et d'interroger leur vie, peut-être trouverions-nous plus naturel de nous écrier : Malheureux comme un roi.

Au faîte suprême des grandeurs, l'homme, il est vrai, n'a rien à craindre de ce hideux ennemi de la race humaine, le besoin; mais les ennuis et la contrainte assombrissent ses jours, l'étiquette compasse sa vie, et en chasse l'une des chances les plus piquantes, l'imprévu. Une vie de roi, mes enfants, c'est comme une comédie où l'acteur n'a pas de relâche; et trop heureux si, pour prix de tous les désagréments de son rôle, la pièce ne finit pas d'une manière tragique pour lui, car pendant que la tourbe des courtisans assiége ses antichambres, l'intrigue et l'ambition, le sourire sur les lèvres, creusent des abîmes sous ses pas.

Je ne vous parlerai pas du noble Charles I<sup>er</sup> d'Angleterre, qui, après avoir défendu héroïquement sa couronne, porta sa tête sur l'échafaud, ni de notre roi Louis XVI, brave homme qui eût fait un si heureux bourgeois, mais qui fut broyé par la tourmente révolutionnaire, à laquelle on avait voulu l'opposer. Non, laissons de côté ces deux grandes victimes immolées par leurs sujets sans résultat pour eux ni pour leurs fils, et cherchons dans les fastes royaux un drame dont le souvenir ait quelque chose de moins pénible.

Dans cette salle immense où l'ogive festonne et flamboie, où l'or et l'argent étincellent, se passe une scène fort naturelle selon les apparences, mais grave et solennelle si l'on en croit l'air de vague inquiétude empreint sur les physionomies. Une mère en deuil presse deux enfants contre son sein, et semble vouloir les abriter contre quelque péril qu'entrevit sa tendresse. Un vieillard à la tête chauve et vénérable semble l'exhorter à ne rien craindre, mais il y a dans son regard comme une généreuse compassion pour cet amour maternel. Un homme, court et contrefait, à la figure basse et rusée, veut emmener les enfants et en saisit un par le bras avec un singulier regard de triomphe. A la joie qui perce malgré lui à mesure que la pauvre mère éperdue retient ses fils avec moins de force, on devine que c'est de lui que vient le danger et on lit leur perte dans son perfide sourire. Dans un coin la nourrice pleure; plus près se tiennent graves et silencieux des prêtres et des seigneurs.

Quel nuage plane donc sur cette assemblée? Pour qui cette crainte dans les regards, ce deuil sur les visages? Hélas! pour ces deux enfants si naïfs et si beaux, dont la vie s'écoulerait riante et paisible si l'un d'eux n'avait pas le malheur d'être roi.

Édouard, roi d'Angleterre, est mort, en recommandant ses jeunes fils à sa veuve désolée et à leur oncle Richard, duc de Glocester, qu'il a chargé de la régence. Édouard et Richard, à peine âgés de douze à treize ans, sont deux beaux enfants, l'un pâle et mélancolique, l'autre aux joues rosées et aux regards pleins de feu; l'un grand et frêle, l'autre plein de fougue et d'impatience; du reste, charmants tous les deux, généreux, sensibles, et s'aimant d'une affection aussi profonde que passionnée.

Leur oncle le régent, pour lequel ils éprouvent une répulsion secrète et involontaire, cache dans un corps contrefait et sous des traits hideux une âme ignoble et déloyale. Depuis longtemps il règne de fait, et sa monstrueuse ambition devrait être repue; mais un espoir insensé le ronge fatalement et lui rend sa puissance amère. Il faut qu'il pose la noble couronne d'Angleterre sur sa tête; cette pensée l'obsède et il en poursuit l'exécution par les routes tortueuses du crime et de la trahison. Déjà, sous le règne précédent, il s'est débarrassé de son propre frère Clarence, que, sur de fausses accusations il a fait condamner par le roi, son frère aussi; puis peu à peu les défenseurs de la veuve, les soutiens des orphelins ont disparu, les uns éloignés, les autres exilés, ceux-ci condamnés sous de faux prétextes, ceux-là mêmes assassinés. Lord Hastings et lord Rivers restent seuls à l'époque où le jeune Édouard doit être couronné roi : Glocester fait raser leurs têtes et désormais la place est nette, il n'a plus devant lui que deux enfants, frêles et douces créatures qui n'ont pour appui que la tendresse et les larmes d'une faible femme.

Depuis longtemps Élisabeth redoute en secret le régent ; mais de peur
de l'irriter contre ses pauvres enfants, elle affecte la plus grand confiance
dans ses bonnes intentions. Mais la nouvelle imprévue du trépas de ses
deux derniers champions la remplit de terreur. Elle quitte Windsor et
emmène ses fils dans l'asile sacré de l'abbaye de Westminster.

Cependant le jour du couronnement approche et un vieil usage force
les rois d'Angleterre à séjourner quelques jours à la Tour de Londres
avant de monter solennellement sur le trône de leurs ancêtres! Glocester
le sait, et fonde là-dessus quelque sombre espérance. Il accompagne les
prélats d'Angleterre qui, l'archevêque d'York à leur tête, viennent chercher le jeune Édouard pour l'emmener à la Tour, et, avant même que sa
malheureuse mère l'ait embrassé, s'empare du bras de son fils ainé
comme s'il craignait qu'il ne lui échappât. Mais ce n'est pas assez d'un
des frères, il faut qu'ils soient tous les deux à sa merci, sinon, après
Édouard, Richard sera roi d'Angleterre. Il dissimule avec tant d'art et
d'hypocrisie que la mère ébranlée d'ailleurs par les représentations
du très - respectable archevêque, se laisse persuader que Glocester,
content de gouverner comme régent, a changé de disposition à l'égard
de ses neveux. Elle cède, elle laisse partir son Édouard que son jeune
frère se garde bien de laisser partir seul. Mais à peine a-t-elle lâché
leur taille qu'elle se jette sur eux et les saisit de nouveau, et semble défier qu'on les lui arrache. Glocester redouble de douceur et de
perfidie ; elle s'épuise et se trouble ; il part enfin avec sa proie, se dé-
chirant la poitrine avec ses ongles pour étouffer un cri de triomphe,
tandis que la mère, restée seule avec la nourrice dans l'immense salle
de l'abbaye, pousse un cri d'effroi et tombe évanouie dans ses bras.

Ainsi finit cette cérémonie si pleine de funestes présages, qu'on eût
dit que cet enfant allait chercher la mort et non une couronne.

Hélas! le cœur de la mère n'avait pas menti quand il lui avait crié
qu'elle ne les verrait plus.

On les trouva un matin égorgés et baignés dans leur sang. ils se tenaient
étroitement embrassés, et leurs âmes s'étaient confondues dans les an-
goisses de l'agonie.

Pauvres enfants! pourquoi votre père fut-il roi !

# LA MORT DE MARIE STUART.

C'est une douloureuse histoire que celle de Marie Stuart, cette jeune et gracieuse reine qu'une âme ardente et impressionnable entraîna dans tant de faiblesses et de malheurs. Séparée de sa mère à quatre ans, elle monta bientôt sur le trône. Ce fut la plus belle époque de sa vie : enivrée de fêtes et de plaisirs, Marie coula quelques jours heureux qu'embellirent les arts et la poésie, mais dont le cours fut violemment interrompu par la mort de son mari. Il fallut quitter le beau ciel de France pour la brumeuse Écosse. Écoutons un vieil historien nous faire le tableau touchant de son départ.

« Le premier objet qui s'offrit à sa vue lorsqu'elle sortit du port, fut le débris d'un vaisseau qui périt à ses yeux. — Quel affreux spectacle! s'écria-t-elle, et que m'annonce un si funeste présage? Penchée sur le bord de la galère, elle ne cessa d'avoir les yeux fixés sur le rivage, tantôt paraissant immobile et comme ensevelie dans une profonde rêverie, tantôt fondant en larmes et poussant des cris entrecoupés de sanglots, quelquefois regardant tristement le rivage, appelant la France par son nom, et lui disant : — Adieu, France, je te perds pour toujours!

« D'autres fois, elle faisait des vœux pour que la tempête la rejetât sur les côtes de Calais. Elle passa près de cinq heures dans le même lieu, se comparant à l'infortunée Didon, avec cette différence, disait-elle, que la reine de Carthage portait ses regards sur la mer, au lieu que la reine d'Écosse fixait les siens sur le rivage. Quand la nuit vint, elle se fit dresser un lit le plus près de ce lieu qu'il fut possible, et elle commanda qu'on l'éveillât dès la pointe du jour si l'on découvrait encore les côtes de France. Un grand calme qui dura toute la nuit fit qu'on les aperçut

en effet le lendemain, et cette princesse jouit encore quelques heures de
ce triste objet qui renouvela ses regrets. »

Je ne vous raconterai pas le règne de Marie Stuart sur le trône d'É-
cosse : plus tard vous apprendrez ses désastres. La jalousie d'Élisabeth,
reine d'Angleterre, l'intrigue, et, il faut bien le dire, ses fautes aussi la
précipitèrent de malheur en malheur jusque sur l'échafaud. Abandon-
née de tous, poursuivie par la haine, accusée de complicité dans le
meurtre de son mari, elle s'était fiée à la générosité de sa rivale. Et
ce sera toujours une tache odieuse pour Élisabeth, que la condamnation
de cette pauvre femme qu'elle voulut punir de l'avoir vaincue en grâce
et en beauté. Laissons l'historien nous raconter cette mort si terrible.

« La reine d'Écosse dont la santé s'était fort affaiblie pendant sa prison, était alors malade. Elle venait de se mettre au lit, après son dîner,
lorsqu'on lui annonça l'arrivée des commissaires. Elle se leva aussitôt
et se disposa à les recevoir. Schrewsbury lui exposa le sujet de sa venue, et Béal lui lut la sentence. Elle les écouta fort tranquillement, et
se tournant vers le dernier, elle lui demanda des nouvelles d'Élisabeth.
Béal lui répondit qu'elle était en bonne santé, qu'elle l'aimait toujours,
et qu'elle avait différé exprès l'exécution de la sentence afin de lui donner le temps de se préparer à la mort. — Voilà un rare bienfait, répli-
qua Marie Stuart ; je n'aurais pas cru qu'elle dût en venir à cette extré-
mité avec moi, qui suis sa sœur, et qui ne suis point sujette à ses lois.

« Quand les commissaires se furent retirés, Pawlet entra dans sa
chambre, fit ôter le dais, la couronne et les autres marques de la royauté.
Marie s'en laissa dépouiller sans se plaindre, et fit mettre un crucifix à
la place du dais. Le jour qui précéda l'exécution elle fit son testament,
et le soir, ayant assemblé ses domestiques, elle leur distribua, pendant
son souper, ce qu'elle avait d'argent et de bijoux. Ils étaient à genoux
autour de la table qu'ils mouillaient de pleurs. Elle leur porta une santé,
et ils burent tour à tour à la sienne, mêlant leurs larmes dans le vin
et remplissant la salle de leurs cris. Melvin, son maître-d'hôtel, embrassa ses genoux et se plaignit amèrement de ce qu'il était obligé de
rapporter en Écosse de si fâcheuses nouvelles. — Ne pleurez pas, Melvin, lui dit-elle, mais plutôt réjouissez-vous, tous mes malheurs vont
finir. Vous direz à mes sujets que je meurs dans la religion de mes pères
et dans un attachement inviolable pour la France et pour l'Écosse. Portez

mes derniers adieux à mon fils, dites-lui que ses intérêts et ceux de son peuple m'ont toujours été chers; recommandez-lui de bien vivre avec Élisabeth; et vous, Melvin, soyez-lui fidèle...

« On avait dressé dans la salle du château de Fotheringhaie un échafaud, large de douze pieds sur deux de hauteur; la salle était tendue de drap noir, et l'échafaud était couvert d'un tapis de velours de la même couleur. Ce fut là qu'elle se rendit à neuf heures du matin, précédée des comtes d'Angleterre, suivie de deux de ses femmes et de trois de ses officiers, la tête couverte d'un voile qui descendait jusqu'à terre, tenant d'une main un chapelet, de l'autre un crucifix. Sa démarche était assurée, son visage tranquille et serein. La grâce et la majesté éclatait dans sa personne, et ses malheurs n'avaient point terni sa beauté. L'assemblée qui était composée de ses plus cruels ennemis, fut frappée et attendrie, et ces cœurs barbares s'ouvrirent pour la première fois à la pitié. Pawlet lui donna la main pour monter à l'échafaud. Elle le regarda d'un air obligeant, et lui dit que c'était le dernier et le plus agréable service qu'il lui rendrait jamais. Elle s'assit dans un fauteuil qui était au milieu; deux des juges prirent séance à ses côtés, et l'un d'eux lut à haute voix la sentence. Quand il l'eut achevée, Marie se mit à genoux et pria Dieu en latin, les yeux attachés sur le crucifix. Elle avait à peine fini ses prières, que les bourreaux approchèrent pour lui ôter son voile et ses habits. Elle leur dit de laisser ce soin à ses femmes, et de les prendre de leurs mains. Ensuite, se tournant vers l'assemblée :
— Je n'ai pas coutume, dit-elle, de me déshabiller en si bonne compagnie, ni d'avoir de tels valets de chambre. Elle demanda au bourreau qui devait lui trancher la tête, s'il était gentilhomme; et comme il eut répondu que non, elle l'ennoblit sur-le-champ pour montrer par cet acte d'autorité qu'elle était encore reine. Ensuite, elle se laissa bander les yeux, elle se mit à genoux et elle récita à haute voix le soixante-dixième psaume. Alors un des bourreaux lui prit les mains, et comme elle en était à ces paroles, *In manus tuas, Domine, commendo spiritum meum*, l'autre lui trancha la tête de deux coups de hache. Il l'éleva en l'air, et tandis qu'il la tenait suspendue, Flechter s'écria : *Ainsi périssent les ennemis d'Élisabeth*. Cette tête ornée autrefois de trois couronnes, mais plus brillante encore de l'éclat de la beauté, fut montrée au peuple, pâle, sanglante, et horriblement défigurée.

« Quand l'exécution fut faite, ses femmes demandèrent qu'on leur permît de la déshabiller ; mais on les écarta rudement, et l'on abandonna à un infâme bourreau le corps et la dépouille de la plus belle princesse de l'univers. On lava le tapis et le pavé teints de son sang, et l'on brûla les planches de l'échafaud de peur que les instruments de son supplice ne devinssent un objet de culte pour les catholiques. En attendant qu'on inhumât son corps, on le couvrit d'un méchant tapis vert, qu'on arracha d'une table de billard. »

Ainsi périt à l'âge de quarante-quatre ans, un mois et vingt jours, l'infortunée Marie Stuart, reine d'Écosse, douairière de France et héritière présomptive du trône d'Angleterre. Elle vécut dans ces trois royaumes d'une manière bien différente. Placée à seize ans sur le trône de France, elle régna heureusement pendant quinze mois sur un peuple naturellement docile, dans le plus beau pays de l'Europe, et dans la cour la plus brillante qui fût alors. La scène changea bien pour elle en Écosse : Un climat triste et rigoureux, un pays ravagé par les guerres, des villes détruites ou désertes, une nation pauvre furent les premiers objets qui s'offrirent à sa vue ; et, au lieu d'un peuple soumis, elle ne trouva que de fiers montagnards, jaloux de leur liberté, ennemis du faste, et orgueilleux même de leur pauvreté. Le peu de soin qu'elle prit de ménager ses nouveaux sujets, sa confiance, et peut-être ses faiblesses pour d'indignes ministres, son mariage inexcusable, et, quoi qu'en dise Camden, volontaire avec Bothwell, l'assassin de son époux, la firent descendre du trône et la précipitèrent dans un abîme de malheurs. Son imprudence ou son désespoir la conduisirent en Angleterre où elle trouva de nouvelles disgrâces. Elle y fut dix-huit ans captive ; elle changea jusqu'à dix-sept fois de prison, et elle y périt par la main d'un bourreau. Elle montra dans ses derniers moments une constance qu'on ne devait pas attendre après tant de faiblesses, et sa mort fut beaucoup plus belle que sa vie.

# LE RAVIN.

Par une froide soirée d'hiver, nous étions assis autour de l'immense poêle qui occupait le centre de la salle, le caressant de nos jambes, et nous enveloppant d'un nuage épais de fumée de tabac. Nous devisions campagnes, marches et combats en engloutissant des flots de bière, quand un capitaine entra en jurant et secouant la neige qui étoilait son manteau. C'était un homme de haute taille, basané et balafré, une dure figure de soldat, et il n'était pas besoin de voir la croix qui brillait sur sa poitrine pour dire de lui : C'est un brave. Nous nous empressâmes de lui faire place, car nous aimions tous le capitaine Schwickerdy, bon enfant, soldat de fortune qui avait gagné au feu les grades que nous rapportions des bancs de l'École. Suivant notre habitude, nous nous mîmes à le questionner, et à peine était-il un peu dégourdi que nous le tourmentâmes pour qu'il nous contât quelque anecdote de ses campagnes.

— Savez-vous, blancs-becs, que vous faites une fameuse consommation d'histoires, et que mon magasin est presque à sec, s'écria-t-il ? Enfin, rafraîchissez-moi souvent de peur que vous ne me fumiez comme un saucisson avec vos bouffardes, et je vous conterai encore quelque chose.

On rapprocha les tabourets, on emplit son verre et il commença :

« Ce vilain temps de neige me rappelle le jour où j'ai eu l'honneur d'entrer au service de la France. Vous savez que je suis né dans le Tyrol. En 1809, j'atteignais ma dixième année quand l'armée française passa dans nos montagnes. Il y eut plusieurs escarmouches dans les environs du village que j'habitais, et il finit par être pillé et incendié. Notre habitation fut la proie des flammes, nos moutons furent égorgés, et nous nous trouvâmes réduits à la plus affreuse misère, sans asile, sans vivres, sans ressources.

Vous voyez que ma première connaissance avec l'état militaire ne fut pas très-flatteuse. Mon père prit à un soldat mort son sac, son sabre et son chapeau ; ma mère se couvrit d'un manteau pris de même à un officier défunt, et, suivis de notre chien, nous nous dirigeâmes vers un point où devait passer le corps d'armée des Français, dans l'espoir d'en obtenir quelque secours. Il faisait une brume épaisse et le vent nous fouettait la neige à la figure. Vers le soir, le temps s'éclaircit un peu, et un grand bourdonnement nous avertit que nous approchions des troupes. En effet, quand nous fûmes parvenus sur le sommet d'un mamelon assez élevé, nous découvrîmes l'armée en marche.

Dans le fond d'un ravin formant un défilé long, étroit et dominé par des monts couverts de neige, s'avançait une noire fourmilière. J'ouvrais des yeux grands comme une porte cochère, car jamais, vous le pensez bien, je n'avais vu rien de pareil. Je ne pouvais me lasser de contempler cette sombre multitude de soldats de toutes les armes et de tous les costumes, où s'élevait çà et là un officier sur son cheval, soigneusement enveloppé dans un ample manteau ; puis c'était un fourgon rempli de malades et de blessés, ou de lourds chariots de bagages ; ailleurs, de brillants uniformes, des casques, des cuirasses étincelantes ; plus loin, des canons, des caissons, des cavaliers, des tambours, des grenadiers, des artilleurs, des généraux, tout le tremblement enfin.

Nous nous empressâmes de descendre pour nous rapprocher. Un groupe de grenadiers se tenait autour d'un grand feu ; les uns fumaient, les autres se chauffaient ou faisaient rôtir des pommes de terre. Comme j'avais très-grand faim, je restai si longtemps en admiration devant les précieux légumes, qu'un brave homme m'en offrit une demi-douzaine ; je les dévorai en un clin d'œil, pendant que ma mère, s'adressant à un vieux officier-général qui avait l'air assez bon enfant, lui exposait notre situation. Je ne sais trop ce que le vieux lui répondit car je contemplais avec ivresse un magnifique tambour-major qui causait près de moi avec un brillant cuirassier.

En ce moment une grande rumeur se fit entendre, et les soldats qui étaient arrêtés se levèrent en agitant leurs coiffures. Je vis alors un petit homme en redingote grise et petit chapeau, aux épaules larges et carrées, à la figure grave et à l'œil perçant qui chevauchait tranquillement au milieu des autres. Il était beaucoup moins brillant que les autres officiers, et pourtant je me doutai tout de suite que ce n'était pas de la petite bière. En passant devant moi, il me regarda, et son regard me rendit tout chose ; je crus qu'il fallait déployer mes talents, et je me mis à faire la roue, exercice auquel j'étais de première force et qui consiste à rouler alternativement sur les mains et sur les pieds ; officiers et soldats se mirent à rire et le petit homme gris sourit et me dit d'un ton de bonne humeur : — D'où diable viens-tu, polisson ? et que fiches-tu là ? Je fus excessivement flatté de cette allocution et j'en conserverai éternellement le souvenir, attendu que c'est la première et la dernière fois que j'ai eu celui de me trouver face à face avec le petit Caporal. — Capitaine, que je lui dis, je viens avec papa et maman pour que les Français me rendent ma maison qu'ils ont brûlée et mes moutons qu'ils ont emportés. — En ce moment un aide de camp lui dit quelques mots, il me tourna le dos et partit rapidement. Quand je sus que j'avais parlé à l'Empereur Napoléon en personne, je me crus grandi de six pouces et je fus désolé qu'il fût ainsi parti sans me faire rendre ce que je réclamais.

On me hissa à côté de ma mère sur les bagages et nous suivions l'armée ; c'était ce que nous avions de mieux à faire, car, une fois sortis des montagnes, nous ne devions pas être embarrassés pour vivre.

Je voyageai ainsi trois jours, enchanté de ma position, et j'eus bientôt fait connaissance intime avec plusieurs soldats qui jouaient avec moi et me bourraient de pommes de terre à chaque étape. Quand nous fûmes dans la plaine, ma mère se procura de l'eau-de-vie et s'installa dans les fonctions de cantinière, et mon père embrassa la profession très-lucrative de maraudeur. Il faut croire qu'ils se trouvèrent bien de leur nouvelle manière de vivre, car ils s'habituèrent peu à peu à se considérer comme partie constituante de l'armée française, et bientôt il semblait qu'ils n'eussent jamais connu d'autre métier.

Malheureusement, une nuit l'on attendit en vain mon père au bivouac. Dans une de ses expéditions il avait tenté le pillage d'une ferme, avec l'aide de quelques traînards. Les paysans s'étaient réunis en grand nombre, il avait fallu batailler, et une balle l'avait frappé au cœur. Ma mère désolée cria, pleura, se lamenta, mais il ne revint point. Après avoir pleuré bien longtemps nous nous consolâmes un peu, et un bel uniforme que ma mère me fit avec une vieille défroque de soldat me rendit heureux comme un prince. Je grandis, et j'obtins l'honneur d'être incorporé dans les fifres. Je passai en sifflant sur bien des champs de bataille, et je m'accoutumai au feu.

Je fis, comme je vous l'ai dit souvent, la fameuse campagne de Russie, et j'eus la douleur de perdre ma mère au désastreux passage de la Bérésina. J'étais à l'avant-garde, et la pauvre femme se trouva écrasée dans la bagarre sans que j'aie eu la consolation de lui dire adieu.

Dequis lors j'ai fait mon petit bonhomme de chemin, et aujourd'hui me voilà capitaine. Hélas! ce n'est plus comme du temps de ma jeunesse où l'on avait sa petite bataille presque tous les jours. Voilà vingt-cinq ans qu'on ne m'a tiré un coup de fusil et que je n'ai vu d'autre feu que celui du punch dont vous allez m'offrir un bol avec lequel j'ai l'honneur de vous saluer. J'ai dit.

Nous ne nous le fîmes pas dire deux fois, et bientôt la flamme bleuâtre et pétillante du punch chassa le nuage qu'avait attiré sur le front du capitaine le souvenir de son père et de sa mère.

Depuis lors il est parti pour l'Afrique, parce qu'il s'ennuyait qu'on ne lui tirât plus de coups de fusil, et a été tué dans une escarmouche après avoir abattu six Bédouins.

**FIN.**

Souvenir de Gloire.

H. Baron.

H. Baron del.        Challamel éditeur        Imp Bertaut Paris

Des Condottieri

François del.    Challamel édit 4R. de l'Abbaye S.G.    Imp. Bertauts Paris.

Episode de la retraite des dix mille.

L.<sup></sup> Gallait pinx.　　　Paris Challamel edit 5 P. de l'Abbaye　　　Bayot del.

Abdication de Charles Quint

Paris Imp. Bertauld.

Alfred et Tony Johannot.

Lith. Grégoire & Deneux.

Walter Raleigh étend son manteau sur les marches
rendues glissantes par la pluie.

Walter-Scott. Le Château de Kenilworth.

Galilée (découvrant le Pendule...)

Le Duc de Glocester et les Enfans d'Edouard

Dernier repas de Marie-Stuart.

Charlet.

Imp. Aubert.

Convoi de troupes de bagages et de blessés
Campagne d'Allemagne (1809).

www.ingramcontent.com/pod-product-compliance
Ingram Content Group UK Ltd.
Pitfield, Milton Keynes, MK11 3LW, UK
UKHW022121170726
13837UKWH00003B/1275